곱게 물들었으면

정상화 제5시집

시음사
시사랑음악사랑

땀방울로 맺힌 펜 끝에서 삶이 익어가는 정상화 시인

사람의 마음을 움직이고 감동을 주고 함께 공감할 수 있는 시를 짓는다면 그것처럼 시인으로서 행복한 일은 없을 것이다. 제5 시집 '곱게 물들었으면'을 출간하는 정상화 시인을 소개한다. 그의 시를 보면 무엇인가 가슴에 툭툭 던져지면서 뭉클함이 다가온다. 그렇다고 어떤 기술이나 고급스러운 기교가 있는 것도 아니다. 그의 시는 어떤 형식이나 틀에 얽매이지 않고 정상화 시인의 눈으로 바라본 세상과 자연을 또는 삶 속에서 살아가는 소소한 이야기를 거침없이 쏟아내는 그의 필력이 마음을 움직이게 하고 독자의 감성을 불러내어 눈물짓게 한다. 아마도 그 진실한 필력의 힘이 제5 시집까지, 출간하게 된 것으로 생각한다.

정상화 시인은 참 성실하고 부지런하다. 무엇보다 인간적인 냄새가 나고 효자인 시인이다. 부모에게 감사함을 알고 섬길 줄 아는 시인 그리고 자연과 사람의 소중함을 아는 시인이다. 제5 시집 '곱게 물들었으면'에 실려있는 작품을 보게 되면 절로 고개가 끄덕여진다. 그의 시 속에는 굵은 땀방울이 고스란히 묻어나고 생명의 소중함과 씨앗이 열매가 되기까지 살펴야 하는 농부의 고단함도 들어있다. 치장한 것이 아닌 정상화 시인의 삶이다. 그래서일까 시골 아지매, 아저씨도 곡식을 들고 와 그의 시집을 찾는다.

정상화 시인의 제1 시집 '스스로 피어짐이 아름다운 것을', 제2 시집 '산다는 것은 한 편의 시', 제3 시집 '그러하더라도 사랑해야지', 제4 시집 '아름다운 인연을 만나는 것은' 그리고 이 모든 것을 아울러 제5 시집 '곱게 물들었으면' 제호로 독자 앞에 선보인다.
땀방울로 맺힌 펜 끝에서 삶이 익어가는 정상화 시인의 주옥같은 작품이 가물어가는 현대인의 정서에 단비 같은 촉매제 역할을 하고 코로나19로 힘든 세상 시향으로 곱게 물들이기를 바라면서 제5 시집 '곱게 물들었으면'을 기쁘고 떨리는 마음으로 추천한다. 많은 독자의 사랑을 받기를 진심으로 바란다.

(사)창작문학예술인협의회 이사장 김락호

시인의 말

우리는 가시를 품고 살아간다.
시간이 만들어낸 가시!
찌르기 위함보다 인연을 위한
인사일지도 모른다.
가시에 찔린 바람이 하는 말
봄처럼 왔다가 꽃을 피우고
낙엽처럼 뒹구는 삶의 이야기
"곱게 물들었으면"
기억하고 싶은
아름다운 장면 하나.....

시인 정상화

♣ 목차

♣ 목차

♣ 목차

♣ 목차

본문
시낭송
감상하기

QR 코드   스마트폰으로 QR 코드를 스캔하면
시낭송을 감상할 수 있습니다.

 제목 : 꽃이 너에게
시낭송 : 박영애

 제목 : 눈부신 삶의 장면
시낭송 : 박영애

 제목 : 삶은 착각 속에 있다
시낭송 : 박영애

 제목 : 목련꽃 봉오리
시낭송 : 박영애

 제목 : 가시는 괜히
　　　　　있는 게 아니다
시낭송 : 박영애

 제목 : 소박한 유언
시낭송 : 박영애

 제목 : 환생의 꿈
시낭송 : 박영애

 제목 : 된장찌개
시낭송 : 박영애

 제목 : 나락과 연연 댁 할매
시낭송 : 박태임

 제목 : 상사화
시낭송 : 박영애

시인은 자연을 이야기하고
시낭송가는 자연을 품었다.
글자는 날개를 달아 언어로 날고
소리는 자연에 눕는다.

곱게 물들었으면

가치관의 꼭짓점이 맞닿은
아름다운 인연
바라만 보고 있을 뿐인데
가슴이 환해지고
한 순간도 설레지 않는 순간이 없으니
한 순간도 보고 싶지 않은 순간이 없었으니
사랑인 거지

잘못을 진심 어린 마음으로
인정하고 용서하는 삶
묻어 버리고 싶은 부끄러움은 없는지
익숙함으로 포장된 무관심은 아닌지
못하면서 안 했다고 합리화하지 않기를
지나고 나면 아무것도 아닌 것
언제나 함께 바라볼 수 있기를!

꽃이 너에게

칼날에 베인 듯
가슴이 서걱할 때가 있다

사랑한다는 것
삶을 영위한다는 것
뿌리째 흔들릴 순간도 있다

깊은 밤 뒤척이며
나에게 왜 이러는 거야
베갯잇 적실 때도 있다

어스름 저녁 다랭이 논에
먹이 기다리는 백로도 날개를
접고 싶을 때가 있다

님이여,
살아간다는 것
그렇게 순간을 견디는 일이다

제목 : 꽃이 너에게
시낭송 : 박영애
스마트폰으로 QR 코드를 스캔하면
시낭송을 감상할 수 있습니다.

농부의 넋두리

장맛비 내린다
비를 핑계로 물꼬 트는 순간
쉬는 것이니 팍팍할 수밖에
움켜쥔 삶의 욕심
짊어진 삶의 무게
머리보다 몸으로 살아가는 삶
이윤을 남기는 장사보다
정해진 월급쟁이보다 힘든 까닭은
생명을 키워 내는 일이기에
비가 와도 걱정 바람 불어도 걱정
하늘을 바라보며 애원도 욕지거리도
마다하지 않는 삶
상념에 젖다 물길 끊어 내고
포실한 감자 삶을 생각에 걸음을
재촉하며 바보처럼 웃는다

어머니의 기도

아랫배 끊어지는 통증으로 첫울음
기억하며 애지중지 함께했던
추억으로 살게 하소서

비가 오면 젖은 슬픔을 안고
눈이 오면 쌓인 기쁨을 안고
타인의 삶도 소중함을 품고
살아가게 하소서

소유와 존재가 공존하는 지혜로
받아서 채워가는 욕망보다
주어서 행복한 가슴에 온기로 살게 하소서

순간순간이 삶으로 이어지니
헛된 꿈을 꾸기보다 나 없이도
우애와 건강으로 웃으며 살게 하소서

지금의 소중함으로
지금 함께 있는 사람을 아끼고
사랑하며 열정을 쏟는 것이 살아갈
이유임을 깨닫게 하소서

잃어버린 사랑

폭우가 쏟아진다

새끼들 걱정에 뒤척이는 밤
채, 어둠이 가시기 전
논을 둘러보는데
만당들 도착한 순간 눈을 의심한다
공장 폐수가 흘러들어 벼들이 기름
뒤집어쓰고 죽어간다
봄부터 쏟은 사랑이 무너지는 순간
가슴에 구멍이 난다
벼는 그렇다 치고
땅이 죽어감에 분노가 솟구친다
어쩌나
푸르름 잃고 노랗게 질린 새끼들
어쩌나
까맣게 타들어가는 흙 흙 흙
어쩌나
절망과 분노에 젖은 농부의 가슴

죽지 마라 사랑아

삶의 반어법

사흘이나 굶었다
지렁이를 삼켰다
감춰진 바늘이 있는 줄 모르고
본능의 욕구에 냉철함은 정지되고
낚싯대에 대롱이는 육신의 고통에
치를 떤다
배 고프면 눈에 뵈는 게 없고
돈이 고프면 사기꾼 표적이 되니
누굴 탓할까
절박함을 미끼로 유혹하니
어찌 꼬이지 않으리오
일 푼어치 깜냥도 안 되는 됨됨이로
고개를 쳐드는지
목적이 정당해도 약점을 이용한
충족은 비열한 짓
중독은 달콤하니 어찌할까
맞짱 뜨는 배짱이 얼마나 아름다운가
깊어가는 밤
청도 계곡에 낚싯대 드리우고
상념에 잠긴다
메기에게 미안함 고백한다
반딧불이도 웃는다

이별의 순간 사랑을 알았네

무논에 잡초를 뽑으려 장화발
옮기니 물이 샌다
보내야 하는가

논둑길 밟으며 아름다운 풀꽃에
홀려 고마움 잊고 살았네

가시에 찔린 고통
돌부리에 차인 설움
소똥 개똥에 비벼져 매스꺼운 속
삼킨 괴로움
뻘 속 숨 막히던 답답함
괴로운 순간이 대부분이었지만
사랑이 있었기에 행복했다고?
오해는 말거라
사랑하지 않은 순간은 없었으니

구멍을 때웠다
어쩜,
함께하는 시간만큼 아픔이
길어진다 해도
차마,
널 버릴 수 없구나

거미의 침묵

허공에 까만 점 하나
바람의 흔들림도 외면한
감춰진 속내

삶의 절박함에
뒤집히는 어지러움
꾹꾹 누르고 꿀꺽 삼키고

기다림 없으면
죽음으로 가야 하는 삶
잠시도 놓을 수 없는 긴장감

투명함을 가장한 덫을 놓고
죽은 듯 살아가는 시간
살은 건지 죽은 건지

농부의 부끄럼

밤새 내린 비로 흙이 목까지
차올라 헐떡이는 벼

삽으로 파고 손으로 긁어내어
땀 한 바가지 쏟아내니 평온한
얼굴이다

시계의 복잡한 톱니바퀴처럼
맞닿아 있는 환경에 적응하는
벼들의 삶

꾸밈없는 네 앞에 서면
끓는 물에 빨갛게 번져가는
가재 등짝이 된다

만들어 가는 행복

묵정밭 흔들리는 개망초에
빼앗긴 마음은 욕심 없는 삶을
꿈꾼다

낮고 높고 제멋대로 핀 풀꽃
기억을 쥐어짜도 알 수 없는
이름들

떨어진 씨앗
불평도 이유도 조건도 따지지 않고
끝까지 꽃을 피우네

익어가는 나이처럼 곱게
버린 만큼 가벼운 미소로
바람에 몸을 맡기는 초연함

기다림으로도 즐거운
기다림으로도 설레는
기다림으로도 행복한 가슴을
닮아간다

보이는 게 모두가 아니다

누군가를 가슴에 담고
살아간다는 것은 삶에 무한한
힘이 된다

보이지 않기에
확인할 수도 없지만
느낌으로 각인되는 사랑

눈 감으면 그려지는 얼굴들
밤새 그리워하고 울기도 하는
생활필수품이 된 사랑

밀려오는 마음 느끼지 못하면
받고 싶은 마음만 가득하면
사랑의 탈을 쓴 욕망일 뿐

젖 뗀 송아지
칸막이 사이에 두고 어미소와
눈빛을 교환하며 목이 쉬도록
울고 있다

고백

밭을 맨다
고추는 침묵에 젖어 있는데

고춧잎은 팔랑 웃고
달린 고추는 독 오른 색깔로
불끈거리고

내가 널 사랑하는 건
나를 위한 것이지
널 위한 것이 아니니
고마워할 것 없네

바람에 찢어질까
탄저병에 부스럼이 날까
밤낮 걱정한 까닭은
널 키워 먹으려는 거지

그러니,
고마워하지 마
널 사랑하는 건
날 위한 것이니까

생명을 사랑하는 일

논바닥 고르지 않아
깊은 곳 모는 녹아내리고
얕은 곳 모는 잡초 속에 묻혀있네

적당히라는 것 참 어렵다
물끼 공정을 믿을 수 없기에
넣다 뺐다 모두를 살리는 농부는
경험으로 물의 힘을 믿는다

욕심도 집착도 내려놓고
더함도 모자람도 없는 마음으로
자연의 순리 따라 농사를 짓네

그렇게,
숨쉬기 편한 농부의 가슴에 안긴
벼 파 고추 감자는 행복할 수밖에
잡초마저도 웃고 있잖아

순간의 미소

무엇이 남았을까
당신 청춘 갉아먹고
살아온 날들이 죄스런 순간
약을 밥으로 사시는 하루하루
엿보기가 억새 날에 베인 심장처럼
서걱 인다
존재의 확인은 사랑이기에
기억 속의 하나보다
추억 속의 둘이고픈 당신
천정만 바라보신다
어무이, 부르자
옆으로 고개 돌리신다
눈이 마주친다
살짝 웃으신다
순간,
안방이 환하다
꽃 한 송이 피었다

죽음보다 강한 사랑

물끼 보는 장화발에 놀란
오리가족
새끼,
줄지어 풀숲으로 숨고
어미,
반대 방향으로 뒤뚱거린다
잡힐 듯 말 듯
도망가는 어미 오리
새끼 안전을 확인하고
푸드덕 하늘을 난다

향수

그립다
가고 싶다
여름밤 멍석 위
수제비 옥수수 감자 먹으며
모깃불 반딧불이 풀내음
깔깔거리던 그곳

접시꽃 하늘 향해 층층이
가슴을 풀었다 여미는 한낮
비탈밭 김매러 가신 엄마
업고 온 동생 받아 뚝뚝 떨어지는
젖 물리던 그곳

갱미 소 고추 덜렁이며
물싸움하다 지치면 돌구멍에
북지 가재 잡아먹던 그곳

손바닥 같은 하늘이 전부라
믿고 들로 산으로 내달리며
꿈을 키웠던 유년의 배내골

사는 거지

논에 잡초 뽑아
뻘 속으로 밟아 넣고
허리 펴는 순간

긴 목 움츠린 백로
오랜 기다림
멋모르고 놀던 개구리
목을 타고 구불텅거린다

세상사 그런 거지 뭐

겸손으로 가는 농부

봄의 파종 여름의 땀
가을의 결실까지
수천 번 허리를 숙인다
자존도 고집도 없다
땅에 머리 박아야 이루어지는 일
논 이랑 피를 뽑으며 얼마나 땅에다
머리를 조아렸는지 땀으로 빨래를 한다
입맛이 쓰다
풋고추 서너 개 따
찬밥에 물 말아 와그작 깨무니
매운맛이 혓바닥을 쑤신다
키운 정성 아는지 모르는지
성깔대로 커가는 농작물
농부가 되는 일은 쇳덩이 갈아
바늘을 만드는 과정이다
수천만 번 허리 숙여 만들어 낸
쌀 한 톨에 농부의 가슴이 있음을
어찌 알까!

새끼 새끼 내 새끼

밤새,
산고에 시달린 어미소
핥고 핥아 털 말려
젖 물리고
옆에 뉘어 뚫어져라 바라본다
뜨겁다
가장 아름다운 장면 하나
감정에 진솔해 진다는 것
본능일까
큰 눈망울 속에 우주가 있다

꽃이 된 산딸기

앞산 논 구석 산딸기 익어
침이 고인다

한 줌 따 입으로 가던 손 멈추고
칡잎에 곱게 싼다

한 입 오물거리시는 어무이
틀니 맞닿은 씨앗 터지는 소리
웃음이 난다

어린 시절
허리춤에서 꺼내 주시던 딸기도
몽글어진 손에서 피어난 붉은 꽃이었으리라

반성

갈증에 시달린 오이
시원한 빗줄기 마음껏 삼켰다

모내기 정신줄 놓아 물 한 모금
주지 못한 농부의 핑계

욕심이었나
심어 두고 사랑 주지 못한 죄
차라리 심지나 말지

꼬부랑 울퉁불퉁 오이 안고
비 맞은 스님이 된다

접시를 닦으며

심장이 스친 억새 날에 진저리친다
쓰라린 감정의 정지됨
폰에 담긴 꽃이 시들지 않듯
행복한 순간이 멈춰 있다면야 삶이
뭐 그리 어렵겠습니까
가끔은
허물어지고 흔들리며 사는 게 인생이지요
가슴 열고 풀 한 포기라도
눈물겹게 사랑할 수 있다면
얼마나 아름다운 일이겠습니까
바람에 실려 돌 틈에 꽃 피우는
의지와 관계없는 삶도 있으니까
힘껏 살아야지요
예쁜 접시도 깨어져 날을 세우면
아프게 찔러오니까
모두가 내 할 탓이겠지요
흙으로 돌아갈 수 없는 영혼을 위로한들
무슨 의미 있겠습니까
흩어진 사금파리 날을 세우니까요

농부의 행복

모내기 끝낸 들판이 희망으로
꽉 차 있다
유월은
작은 것들을 소중히 여기고
당연한 것들을 사랑할 줄 알고
가까이 있는 사람에게 감사하고
싶은 계절
줄지어 신방을 차린 모들이 얼마나
이쁜지
논 둑길 개망초의 흔들림과 어울려
종일 놀고 싶은 순간
일부러,
느린 장화발로 모들과 개구리
애기똥풀 이야기를 엿듣네
유월의 뙤약볕쯤이야 입술을 깨무는
꽃들이 내 눈을 삼킨다

유월의 밤

모내기 끝낸 논이 갈라지니
양수기 밤새 울어대고
보리타작에 지친 몸은 올빼미처럼
물길을 연다

한 방울 물도 아끼려 논두렁 밟고
밟으며 유월의 밤을 갉아먹었어도
물꼬 넘는 물소리에 미소 짓는다

개구리 짝을 부르는 노래
밤꽃 향기에 질식한 소쩍새 소리
논둑에 앉아 듣는 밤의 이야기

아침이면 손등처럼 갈라진 논바닥에
가득 머금은 물의 춤사위 상상하며
무거운 장화발을 옮긴다

농부는 자연이다

논두렁에 주검들이 벌겋다
뿌려진 제초제가 줄기를 타고 뿌리까지
말라가는 시간들
피워보지 못한 미련보다 고통스러운
육신의 아픔
흙 속에 스민 제초제 잔재로 키워진 쌀이
소비자 몸속에서 피 말리는 상상에 고개를 흔든다
우직한 농부의 자존으로 예초기를 짊어진다
회전날에 잘린 지칭개 방가지똥
개망초 소리쟁이 꿈들이 푸른 피로 물든다
아픈 소리가 난다
서서히 피 말리기보다 순간의
아픔을 선택했고 뿌리의 꿈은 남겼으니…
잘라도 잘라도 순을 밀어 올리는 잡초와의
한판승으로 생산된 쌀이
누군가의 건강을 지켜진다면 땀방울
헛되지 않으리
제초제 유혹을 뿌리친 땀이
등골을 타고 흐른다

그리움

모내기 위해 논둑을 깎는다
고속 회전날에 고들빼기 노란 꽃이
파편처럼 튀고 개망초 쓰러진다
힘든 허리 쭉 펴며 미안한 가슴으로
잘린 꽃송이 돌아본다
얼마나 지독한지 잘라도 잘라도
침묵시위 하는 독립투사처럼 다시
푸른 옷을 입는다
한 점 공간도 그냥 두는 법이 없다
어쩜 생존을 위한 자리기에 더욱
간절한지도 모를 일이다
타협은 없다
오직 꽃 피우는 순간까지 악착스레 달려든다
민들레꽃이 댕강 잘려 나가며
아직 뿌리가 있다고 의연하게 웃고 있다

답게 산다는 것

부모로
자식으로 얼마나 답게 살았을까
사랑은 솟아나지 않으면 가식일 뿐
의무감만으로 되질 않는다

가난한 순간 콩이며 보리 몇 됫박 팔아
뒷바라지에 청춘을 바쳤어도
늙고 병들면 요양시설에 처박혀
그리움에 치를 떠는 삶을 외면한 채
몇 푼으로 때우며 자식 된 도리를
다한 양 위선을 떨고 있다

가난하면 가난한 대로 슬프면 슬픈 대로 함께
살면 되지 조금 불편하고 조금 힘들다고 가슴을 버리고
머리로 계산해 버린다면 무슨 삶에 의미가 있을까

행복은 슬픔 속에도 아픔 속에도
사붓이 밀려와 가슴을 적시는 것
부모의 똥기저귀에 고개를 돌리는
인생이 무슨 의미가 있을까

임종 직전 진통의 괴로움 속에서도
찰나의 미소로 자식을 염려하신
아버지, 당신의 따스함으로 곱게
물들고 싶습니다

개구리의 고백

짝을 찾는 애절한 소리
5월의 밤이 하얗다

누가 더 호소력이 있는가
어둠 속이라 겉은 알 수 없지만
마음을 움직일 연서를 쓰는 순간
세상에서 가장 짜릿한 가슴으로
들떠 있을 거야

느낌을 온몸으로 쏟아내는 숨소리
사랑을 얻기 위한 처절한 고백

사랑은 이렇게 하는 거라고
사랑은 이렇게 노래하는 거라고
밤이 너무 짧다고 목청을 높인다

사랑은 나를 위한 일

새 생명은 희망이다
아기가 그렇고
송아지가 그렇고
막 훔쳐본 부직포 속 어린 모가 그렇다
앞으로 펼쳐질 미지의 세계에
두려움 없는 순수함으로 옹알거린다
가뭄 홍수 태풍 메뚜기 병충해는
농부의 몫인 양 현실엔 관심이 없다
배고프면 칭얼거리고 배부르면 웃고
본능에 진솔한 삶
누구를 등쳐먹고 누구를 미워하는 일 없이
마냥 즐겁다
어린 생명이 사랑을 먹고 가을의 겸손을 배울 때쯤
농부의 얼굴에 미소가 핀다
농사를 짓는다는 것은 생명을
사랑하는 일
농부와 눈이 닿는 순간 어리광으로 안긴다
네가 있어 얼마나 살맛이 나는지
사랑을 주는 일은 어쩜 나를 위한 일인지도…

모란이 지던 날

가장 화려하고 가장 강렬하게
5월을 노래하는 사랑

아침 햇살에 터져버린 가슴
살풋한 살내음 부끄런 그리움

아찔함으로 그려보는
막연한 환몽으로 발그레 물들고

바람이 잠든 밤
이슬 무게 견디지 못해
툭.
아린 미련으로 붉게 붉게 적신다

보리밭 자존심

갓 피어난 보리
돌개바람에 머리 쳐들고
가난의 자존을 삼키고 있다

점잖은 수염 하늘로 치솟아
가시랭이 날 세워 겉치레 밟고 선
당당한 있는 그대로의 삶

오월의 화창한 연애보다
투박한 보리밭 깔고 누운 사랑이
오히려 인간적이라고

배고프지만
결코 고개 숙이지 않는 보리싹
꽁보리밥 열무 꽁지의 당당함으로
5월의 들판을 지배한다

물푸레나무꽃

고사리 손으로 가지 꺾어 돌멩이로
찧어 담그면 냇물이 바다로 변하니
까만 동공은 커지고

안개비에도 상처받고
실바람에도 흔들리는 꽃을 피우니
배려와 관심으로 변함없는 마음
주어야 살짝 웃어 주는 은은한 꽃

단단함으로 농부의 삽자루가 되고
부드러움으로 가슴 녹여 물들이는
사랑하지 않을 수 없는 매력적인 꽃

힐끗힐끗 훔쳐보고 물푸레 물푸레
순백의 웃음으로 유혹하니 숨죽여
다가가 코뽀를 하고 나니

나물 뜯는 앞치마와 칼은 간 곳이 없다

서운암 금낭화

줄줄이 사탕처럼 매달려
제 무게 버거워 휘인 요염함으로
배시시 웃는 자태

타오르는 꽃 무더기 사이
렌즈로 속살 훔쳐
상기된 얼굴로 셔터를 누르고

장독 뒤에 숨어 얼굴을 비비니
속치마 날리는 줄 모르고 사랑에
빠진 저 가시내 어쩌면 좋을꼬

살짝 벌린 입술에 멀미가 나고
숨 멎게 입맞춤 훔쳐보는 가슴은
붉게 붉게 사랑을 삼킨다

봄의 화려함 뒤란에

유리에 부딪혀 주검 된 비둘기
소 사료 훔쳐먹다 발걸음에 놀라
명을 재촉하니
먹고 산다는 게 호락하지 않네
새벽부터 먹이 구하려 해도
춘궁기 꽃의 화려함 연록의 아린
꿈만 즐비할 뿐 열매 한 톨 없으니
쉬운 선택이 죽음을 자초했네
자연의 영역을 침범한 인간의 오만
이어지는 자연의 반란
공멸의 태동은 시작되었으니
슬퍼한다고 달라질 것 없다만
퍼덕이며 숨을 멈추는 비둘기 눈망울이
빨갛게 물든다

유전자의 비밀

볍씨 선별을 한다
똑같은 땅에
똑같은 사랑을 먹고
똑같은 자연의 은혜를 입었거늘
쭉정이가 되고
알곡이 되고
버려진 쭉정이는 썩어 거름으로
선택된 알곡은 가을을 꿈꾸겠지
상놈이 씨가 있나
양반이 씨가 있나
언행이 사람을 만드는 거지
씨앗이라는 것
참, 풀 수 없는 수수께끼
사람 선별기가 있다면
삶도 달라질까?

도둑맞은 사랑

배내골 왕방산 깊은 계곡
엄나무 곁순 캐어 작답 밭 귀퉁이에
심어 두니
봄 향기 주고
어무이 용돈 만들어 주니
거름 주고 마음 쏟아 함께한 20년
새순 나왔나 하늘 보는 순간
있어야 할 나무가 없다
밑동을 잘라 가버렸다
톱밥 사이로 솟은 눈물 보며
탑돌이가 되어 엄나무를 뱅뱅 돌며
떠나지 못한다
어느 장삿집 백숙 압력솥 안에서
아니면 약재상에서 인신매매의
신세로 나를 찾고 있을까
어쩌자고 이러는 거야
벌써 6번째 사랑을 도둑맞은 농부
사랑아 내 사랑아
잘린 나이테를 쓰다듬는다

농부의 일탈

안골 논 천둥지기 물을 가둔다
논두렁 붙이는데 트랙터 시북에
빠져 꼼짝 못 한다
순간적으로 일어난 상황에 헛웃음만 나온다
논둑 제비꽃은 걱정스러운 얼굴이고
산언저리 진달래 복숭아꽃은 놀자
유혹하네
실수는 또 다른 반전의 기회가 되는 걸까
트랙터도 버리고 아낙네 손잡고
봄나들이나 갈라요
화전에 막걸리 한 사발 나누며
젓가락 장단에 취해 놀라요
포기할 수도 멈출 수도 없는 삶
잠깐 비틀거린다고 넘어지기야 하겠소
온 산이 꽃인데...

목련꽃 열정처럼

툭,
둔탁하게 떨어져
바나나 껍질처럼 빛바램으로
짓이겨진 흔적

하얀 순수함 지키려 태연한 척
안으로 바둥거리다 시간의 흐름 위에
굴복한 아쉬움

어쩜,
끝닿는 곳에서
앙버티며 살아온 치열한 삶의 훈장인지도

뜨겁게 달아오른 열정으로
마지막 한 닢까지 태워버린 지순한
혈화인지도

生도 저렇게 한순간 모두를
태울 수 있다면
슬픈 시간만으로 남겨진다한들
두렵지 않으리

꽃이 지는 순간에

연두가 겨울산 흔적을
지워가는 봄처럼
당신 가슴 물들일래요

싹은 틔워야 하고
꽃은 피어야 하고
마음은 표현해야 하는 까닭은
나를 당신께 보내야 하기 때문

밤새 꼭 껴안고 잤어도
눈 뜨는 순간 서로의 눈짓으로
보고 싶었다고 찡긋하는 미소

4월의 연록처럼 서로에게 물들며
영혼이 함께하는 순수함으로
부족하면 당신께로
넘치면 나에게로 흐르는 마음

훗날,
서로의 손 꼭 잡고
당신 때문에 행복했다고
당신 만난 것은 행운이었다고
그렇게 말할래요

필요한 만큼만

쑥들이 일제히 땅을 뚫고
봄을 노래하니
아낙들이 날카로운 칼로 심장을 찔러온다
건강한 봄을 먹기 위한 사람들의
행렬은 쑥의 아픔쯤이야 아랑곳하지 않는다
겨우내 땅속에서 실타래처럼 얽혀
봄을 준비한 뿌리들은 끈질기게 다시
새순을 밀어 올린다
밟아도 잘라도 희망의 향기로
봄을 포기하지 않는다
지칭개 개망초 봄까치꽃 엉겅퀴 미치광이풀들도
용기를 내어 설렘으로 봄을 노래한다
퍼질러 앉아 쑥을 뜯는 아낙은 칼질을 멈추며
"여보, 이만하면 됐잖아요"
남정네도 미안했던지 손을 멈추고
마주 보며 웃는다

길 위에 피는 꽃

함께 걷는 길은
함께 마음을 나눈다는 것
부유한 삶이 아니면 어때서
시간의 의미가 소중한 거지
찬 바람에 흙을 일구고 집으로 가는 길
말없이 걸어도 편안한 길
시린 손 포개며 바지 주머니 속으로
당기면 터질 듯 부푸는 가슴
발걸음 가볍게
마음을 두들기는 소리
쿵 쿵쿵 심쿵 봄을 부르는 소리
하루의 피로가 바람에 날린다

어느 봄날에

쑥 한 줌 뜯으며
미안한 마음

봄까치꽃에 눈 찡긋하니
광대나물꽃이 눈 흘기네

땅에 붙은 봄이
죽도록 앙증스러운데

모두들
나무에 걸린 봄에만 취해
봄봄 거리고 있다

수선화야

매일 아침
눈 맞춘 기다림

시샘 바람에 찔려
입술 깨문 눈망울

섣부른 기대였을까
피울 것이라는 믿음

뜻하지 않는 상처는
순간일 뿐이라고

괜찮아
괜찮다
토닥인다

어디에 피어 있어도 꽃이다

꽃들의 사랑이 시작되는 계절
모든 꽃은 아름답다
아니
제일 예쁜 꽃은 장미라고?
술에 취해 빨간 약을 먹은 유혹의
몸짓은 아닐까
제일 못생긴 꽃은 호박꽃이라고?
잎 열매 꽃이 먹거리가 되는
속 깊은 꽃이 아닐까
못생기면 인격이 없을까
외모 지상주의는 편견의 상징일 뿐
나름 역할과 소중함으로 못생긴 꽃은 없다
못생긴 호박꽃이 지고 나면
비교함이 없어진 장미의 삶은
행복할까
물고기 혀를 갉아먹고 혀가 되어
평생 함께하는 키모토아 엑시구아처럼
공생할 수는 없을까

사는 게 그런 거지

개자리 개구리발톱 개솔풀 피
쇠뜨기풀 바랭이 며느리밑씻개풀
말똥가리풀 도둑놈풀…
이름값 하느라 논두렁을 점령하다
예초기 회전날에 가루가 된다

따지고 보면 뭐 그리 벼에 피해도 없건만
다니기도 그렇고 보기도 안 좋으니
잡초라 싸잡아 베는데
개망초 하얀 미소로 아양을 떤다
차마 베지 못하고 남겨두고 돌아서니
들판이 환하다

얼마나 괴롭혔으면 개씨성을 붙였겠니
개불알풀 씹싸리풀 소경불알풀…
그래도 족보 있는 이름이라 가문의 명맥을 잇기 위해
악착스레 살아가는 거지

밟아도 베어내도 죽기 살기로
덤비는 네 삶 앞에 괜스레 고개가 숙여진다

53

차마 꺾을 수 없는 꽃

입맛 없다시며 입 꼭 다물고
계시는 어무이
칼끝으로 땅속 더듬어 머위
뿌리와 대의 경계에 힘을 준다
봄이라고 기뻐할 틈도 없이
바구니에 담겨 핏대 세우는 줄기
못 본 척한다
아기 주먹만 한 꽃
햇살과 쬠쬠 거리며 노는 모습에
칼끝을 멈춘다
잎의 희생도 고마운데
바싹한 꽃 튀김마저 욕심내다니
어무이 참 좋아하실 텐데...
생애 단 한 번 꽃 피운 널
꺾을 수 없어 돌아선다

검소한 삶의 가치

쥐가 자루를 뚫었다

벼를 쓸어 담고 방아 찧으며
버린 자루 바라보니
천 대고 곱게 구멍 막은 당신 손길

팔백 원짜리 포대를 깁고 기워
햇빛에 바래 터질 때까지 사용했던
삶의 흔적

나의 지나온 삶도
바늘에 정성 꿰어
한 땀 한 땀 알뜰히 살았을까

모든 삶은 아름답다

매화 망울 터지는 찰나 눈발 흩날리니
처음 보는 풍경에 오들오들
울음 터뜨리는 꽃송이

살다 보면 땡고추가 아리고
비린 생선에 헛구역질도 나니
따순 날만 있을까

할머니가 손자 손을 잡고
아빠랑 아니면 엄마랑 손 잡고
다양한 상처로 걸어간다

태어난 순간부터 시련에 몸을
싣고 걸어가는 길
저마다의 방식이니까
아름답게 바라보아야지

모두가 소중한 삶이 아니던가
가출한 깜둥이 털에 달라붙은
도꼬마리도 눈물겹게 고우니까

감자 눈은 가슴에 있다

지팡이 눈이 되어 나비가
꽃을 찾듯 정확히 가고 싶은
곳으로 가는 경이로움

마음의 눈으로 세상을 보니
피아노 건반 두드리는 손끝으로
아름다운 시를 읽는다

감자 싹을 눈이라고 부르는 까닭도
흙 속에 묻혀 빛의 감각을 더듬어
줄기를 세우기 때문

보이는 것만 진실인 양 절뚝거리는
양심의 위선보다 가슴 깊은 곳을
바라보는 감자 눈은 엄마 눈

생에 최고의 봄날

감자 싹이 소매를 잡아끈다
겨드랑이 땀으로 미끈덩거리도록
삽질을 한다
삽날 끝에 감자 싹이 나고
잡 자루에 연분홍 꽃이 핀다
언제나 정직한 흙
고랑에 희망을 뿌리는 삶
몸을 쓰는 농부의 일상은 몽당연필처럼
다 닳아야 끝나는 삶
몽그라진 손끝에 꽃이 피고
갈라진 뒤꿈치에 감자가 열린다
뭘 더 바랄까
결국, 다 쓰고 나면 흙으로 돌아갈
몸뚱이 하루하루 땀으로 젖게 하였으니
아마도, 농부가 땅에 묻히면
하얀 감자꽃 피어날 거야

잃어버린 시간

기초연금 준다는 말에
평생 등골 휘어지게 모은 논밭
자식들에게 증여하고 나니

뻔질나게 드나들던 발걸음
끊어지고 하늘에서 떨어진
복권인 양 잘 먹고 잘 사는 자식들

홀로 남겨진 할머니
휴일이면 차 소리에 가슴 졸이며
대문을 왔다 갔다 하루를 보낸다

밥이라도 끓여 먹으니 다행
힘 빠지고 병들면 어쩌나
요양 병원 그 어디쯤 그렇게
생을 마감하겠지

함께 걷는 길은

복잡한 생각
물소리로 지우고

꽉 찬 욕심
바람에 날리고

도란도란 눈 맞추며
손잡고 걸어가면

멀고 먼 길도
이리 가까운 것을!

농촌은 난리 났다

입도 막고 대문도 닫으니
할머니 할아버지 종일 텔레비전
앞에서 멀미를 한다

매일 모여 놀던 경로당도
빗장을 걸었으니
마을 어르신들은 자동 자가 격리

봄바람 맞으며 쑥 캐는 모습은 사라지고
활짝 핀 매화는 홀로 피고 진다

코로나19의 보이지 않는 칼춤
불안한 농촌 독거노인들
평생 땅 파고 살아온 죄로
유배 생활을 한다

생각을 덮어씌운다

코로나보다 무서운 프레임이
마술처럼 착각의 세계로 끌고 간다

평생 땅 파며 착하게 살아온
이웃집 할머니는 대추 한 알 주워
먹고 도둑이 되고

평생 권세 누리며 착한 척 살아온
장관은 온갖 탈법 불법 저질러도
마음 빚진 선한 사람이 되고

감자 먹고 나무하며 도인처럼 사신
배내골 외할아버지는 빨갱이로
낙인찍혀 감옥에서 맞아 죽었다

무섭다
빨강이 파랑이 되고
파랑이 빨강이 되는 세상
목적을 위해서라면
진실도 묻어 버리는 세상

그만하자 우리
심장의 피는 모두 붉잖아
덮어씌운다고 모를 줄 아니

심장에 그어진 선

중앙선 밟고선 할머니
신호등 색깔의 낯선 불빛을
앞산 푸른 잎으로 알았을까
달려오는 짐승에 놀라 오금을
펴지 못한다

초등학교 앞 건널목
정지선을 넘은 괴물은 어린 생명을
꿀꺽하고는 탓으로 돌리며 삶의
질곡 속으로 빨려든다

콩밭 철조망 경계를 뚫은
고라니는 온몸에 피를 흘리며
콩잎 순 잘라 먹다 깰 수 없는
잠 속으로 사라진다

보이지 않는 선을 넘은 위정자
날아온 돌에 머리가 터져도 탓으로
돌리며 괴변으로 덧칠을 한다

선 앞에
잠깐 멈출 순 없을까

매화 향기 떨어지면

잘 잤을까
밥은 먹었을까
어디서 뭘 하고 있을까
가슴에서 흐르는 파장이
눈빛을 타고 뚝뚝 떨어진다

내가 사랑하면 뭘 해
나를 사랑해 줘야지
아무것도 아닌 것에 설레고
쩨쩨한 것에 상처받고
사소한 것들에 뒤척이는 밤

살아온 다른 세상이 만나
서로를 강요하면 이별
다름을 인정하고 있는 그대로
소중히 생각하면 사랑

잘해야지
한 번 돌아선 마음은
다시는 돌아오지 않으니까
그게 여자의 마음이니까

봄은 가슴에서 핀다

고개 숙인 벼
난도질하는 참새떼
볶아 먹어도 분이 풀리지 않는 농심

휑한 겨울 들판을 헤매다
소 막사 사료 훔쳐 달아나니
볍씨 한 바가지 흩뿌린다

눈알 때록 까먹으며
떼창을 하니 미움은 어디 가고
피식 웃음이 나는데

발자국 소리에 까맣게 날아
암팡진 벚꽃에 피어나는 봄을
쪼아댄다

공간과 시간의 낭만

보도블록 틈 비집고
냉이꽃 피었다

땅을 파며 논둑 제비꽃 유혹에
넘어갈 틈이 없다면

가슴에 쌓인 근심을 잊고
하늘을 바라볼 틈이 없다면

홀로 가는 길 멈추고
둘이 가는 길 마주 보며
웃을 수 있는 틈이 없다면?

꽃길 숲길 끝나는 순간
마지막 한 발은 내 몫이니
아무리 바빠도 틈을 비집자

전화기 흐르는 힘없는 목소리
"짬 좀 내거라, 보고 싶다"

눈부신 삶의 장면

발정 난 백구
쇠 목줄을 물어뜯으며
바늘을 찾고

발정 난 암송아지
충혈된 눈으로 쇠기둥을 잡고
용두질 하는 속내

목줄이 없다면
가두리가 없다면
사랑의 자유란 면적은
얼마나 될까

목줄의 길이만큼
가두리 면적만큼
제한된 사랑아

그
중심에 선 농부의 가슴
욕하지 말거라
보이지 않는 선을 지키는 나도
무척이나 힘드니까

 제목 : 눈부신 삶의 장면
시낭송 : 박영애
스마트폰으로 QR 코드를 스캔하면
시낭송을 감상할 수 있습니다.

어느 봄날의 비밀

꽃을 무척이나 좋아하신 당신
밭둑에 봉숭아 접시 원추리 찔레
심어 두시고
꽃피는 날이면 새벽같이
꽃 보러 가시던 날랜 발걸음
몸을 다 쓰시고
삶마저 달랑달랑 한 봄날
휠체어 홍매화 앞에 멈춘 순간
"어무이, 홍매화 이쁘제"
"뭐가 이쁘노, 개좇도 안 이쁘다"
"개좇이 뭔교"
"니도 아파 바라"
"……"
매화 가지 꺾어 쥐여 드리니
애기처럼 살짝 웃으신다

삶은 떨림이다

풀은 풀대로
나무는 나무대로
물고기는 물고기대로
바람은 바람대로 바둥거린다

토실한 버들강아지로 주린 배 채우며
짐승처럼 흘렸던 눈물도
살기 위한 몸부림

첫날밤 맨살로 안으며
전해지는 야릇한 떨림처럼
갯버들 솜털로 뛰는 가슴

열두 살 산골 소년이 참외를
처음 먹었을 때
난생처음 연애편지를 쓸 때처럼
그런 떨림으로 살게 하소서

어무이가 쓴 시詩

깊은 밤 침묵을 깼다
노래인지 염불인지 들릴 듯 말 듯
"길 가다가 잘못 가서 퍼덕떡 엎어지는
꼴 좀 보소 꼴 좀 보소"
이어지는 소리
"큰 아야, 옆에 있나
날 데리고 어데 가보자
내가 힘이 없다
똥 싸면 안 되는데
사는기 아무것도 아닌데
울 엄마는 어데 갔노"
잠결에 울려 퍼지는 어무이 넋두리
가시 되어 심장을 찌른다
잠깐 머물다 가는 인생
높은 곳 향해 달려가느라
길가 봄까치꽃 보지 못한 어리석음이
얼마나 큰 오류인지
작은 씨앗 하나 싹 틔우고
잎을 내고 꽃 피우기까지 얼마나 울었을까
언젠가 시들어야 한다는 사실이
아프고 쓰라리지만
그럴수록 우린 더 많이 사랑하며
살아야 함을 잊고 살았네
밤새 울려 퍼지는 어무이 옹알이는
지난날 삶의 시가 되어 흐른다

삶은 착각 속에 있다

자궁에서 탈출한 순간부터
정해진 길을 따라왔을까
때론 아프고
때론 기쁘고
살아서 구불텅거린 시간

아픈 순간도 끝이 있고
기쁜 순간도 끝이 있으니
길지 않은 순간들에 겸손과 고마움을 배운다

존재하는 모든 것은 소유가 아니니
누군가에게 가슴을 줄지언정
머리는 주지 않았으니
그것으로 된 거지 뭐

꽃을 사랑하지만
꽃으로 하여금 사랑을 강요하진
않았으니 악몽은 없다

착각일까
아직 꿈틀거리는 봄 한 번 제대로
못 그려 놓고...

제목 : 삶은 착각 속에 있다
시낭송 : 박영애

스마트폰으로 QR 코드를 스캔하면
시낭송을 감상할 수 있습니다.

행복이라는 거

논두렁 봄까치꽃의 이야기
송아지 젖 먹는 모습
아내 몰래 음식물 쓰레기 버리고
돌아설 때
손을 대신하는 마당 빗자루 희생
홍시 한 숟갈에 엄니 미소
일상 일어나는 순간순간 따순 느낌
사소한 것들이 얼마나 소중한지
너무 늦게 깨달았습니다

목련꽃 봉오리

바람이 목련 심장을 꼬집으니
하늘을 향해 기지개 켠다

얼마나 숨죽였는지
깰까 봐 까치발로 맴돌며 기다림을
위로한 시간

홀로 기다려 보아야 외로움 안다
기다림 없는 만남이 어디 있을까
겨울 보낸 따순 햇살이 웃는다

꽃망울 속에 소복하게 쌓인
봄 이야기 자분자분 털어 내는 순간
울컥울컥, 나 어쩌라고

제목 : 목련꽃 봉오리
시낭송 : 박영애
스마트폰으로 QR 코드를 스캔하면
시낭송을 감상할 수 있습니다.

가시는 괜히 있는 게 아니다

어무이,
양쪽 옆구리 콩팥으로 연결된 소변줄 끼울 때
박힌 가시를 품고 산다
소염작용을 돕기 위해 해동피海桐皮
벗기다 손톱 밑으로 가시가 박혔다
쓰리고 아프다
빼낸 자리 피가 솟구친다
가시를 달고 사는 나무들
연약한 몸으로 밟히고 밟힌 시간이
만들어낸 가시를 달고 산다
탱가리 가시에 찔린 물이 아플까
엄나무 가시에 찔린 바람도 아플까
아프게 하지 않으면 찌르지 않는 가시
독을 품은 건 아니었어
함께 살고 싶은 순한 마음뿐
발가벗은 꿩 피 묻은 해동피 넣고
압력솥 뚜껑을 채운다
상처 내지 않으면 상처 받지도 않았다
탐내지 않으면 피를 쏟지도 않았다
인연을 맺기 전 한 번쯤은 멈칫하라고
가시를 달고 산다
치마 밑에도
바지 속에도 가시가 있고
가슴 깊은 곳에 가시가 있다
찌르기 위함이 아니다
인연을 위한 따끔한 인사일 뿐

제목 : 가시는 괜히 있는 게 아니다
시낭송 : 박영애
스마트폰으로 QR 코드를 스캔하면
시낭송을 감상할 수 있습니다.

눈물

물이라고 아픔이 없을까
물소리는 그냥 내는 게 아니다
바위를 뚫고 낭떠러지 걸으며
찔리고 깨어지니 우는 것이다
때론 울음을 감추기 위해 투명한
가슴으로 침묵하고
때론 황토를 뒤집어쓰고 천둥소리를 내는 것이다
속으로 울며 멍이 들고
겉으로 울며 부서져도 삶을 포기한 적 없다
그렇게 사는 것이다
아프지 않으면 삶이 아니니
물처럼 살아가는 것이다

신종 코로나바이러스 공포

깊은 동굴 속 거꾸로 잠자는
박쥐의 고단한 삶
무슨 약이 된다고
무슨 특별한 맛이 있다고
그물로 싹쓸이한 인간의 잔인함
먹을게 지천인데
제비집 곰발바닥 뱀 애벌레 쥐 박쥐...
자연의 조화로운 영역을 짓밟은 경고음
사스, 메르스, 박쥐 유래 사스로
이어지는 자연의 대반격
단 한 번이라도 그들이 인간을
괴롭힌 적 있더냐
2020 초입 인간을 향한 부메랑
발아래 밟힌 한 마리 개미
발아래 밟힌 한 포기 봄까치꽃라고
어찌 아픔이 없을까?

소박한 유언

트랙터에 짓뭉개진 봄까치꽃
내일은 알 수 없는 거라고
삶은 이런 것이라고
땅에다 마침표를 찍는다

빈 밭에 잠깐 꽃 피워
날벼락 맞았어도
사는 게 그런 거라고
순간 쉬었다 가는 거라고

순간순간 감사하며
욕심 없이 곱게 피었다가
욕심 없이 곱게 살다가
욕심 없이 곱게 놓고 가는 거라고

떨리는 보랏빛 입술로
나로 인해 아프게 하지 말라고
너로 인해 아프게 하지 말라고
잡은 손 톡 떨어진다

제목 : 소박한 유언
시낭송 : 박영애
스마트폰으로 QR 코드를 스캔하면
시낭송을 감상할 수 있습니다.

삶은 아름답다

봄까치꽃
숨결에 톡 떨어진다
본래 없었던 것
잃은 것은 무엇이냐
얻은 것은 무엇이냐
피지 않으면 꽃이 아니지
지지 않으면 꽃이 아니지
뭐 그리 애달프랴
밤이슬 햇살에 부서지는 절정
그렇게, 찬란하게
그렇게,
뜨겁게 살다 가는 것을!

흙의 가슴

잠든 흙 깨운다

땅강아지 미꾸라지 개구리
이불 당기자 부지런한 농심
발길질

삽질과 비례하는 정직함
찍을수록 부드러워지는 품성
잡초마저 품는 넉넉함

어찌 아픔이 없었을까
가뭄에 이슬 나누고
장마에 개울물 품으며
엄마의 가슴으로 살아온 흙

신神도 부러워하는 흙의 노래

환생의 꿈

아껴둔 감자
바가지 뒤집어쓴 체 싹을 틔웠다
쭈그러진 얼굴로 무소처럼 정수리 뚫은 당당함

뙤약볕 가뭄에 물길 찾아 깊이
파고들었던 촉수를 더듬으며
체념과 타협하지 않는 의연함에 굴종한다

물에도 녹지 않는 솔라닌 독소를
뒤집어쓰고 먹기만 해 봐라 네 중추
신경 마비시킬 수 있다는 경고음을 보낸다

바가지에 힘주어 휙 거름 밭으로 던지니
날 선 초승달 눈으로 째려본다
겁에 질려 주섬주섬 땅에 묻고 돌아선다

어둠은 단지 밝음으로 가는 과정
봄이 되면 또 다른 너 닮은 유전자로 탄생하겠지
죽음도 막지 못한 생명의 윤회

제목 : 환생의 꿈
시낭송 : 박영애

스마트폰으로 QR 코드를 스캔하면
시낭송을 감상할 수 있습니다.

영원한 사랑

한 번 통정通情으로 사랑해 버린
호밀 싹이 익사한다
퍼부은 겨울비 강을 이루니
물고기처럼 튀어 올라
한 숨 내뿜고 싶어도 발은 땅속으로
파고들기만 하네
피워보지 못한 꿈
어쩌자고,
설움에 짓눌려 꼼지락 소리 없이
빗물에 녹아버리니
육신은 허물어져 내려도
영혼은 가슴으로 들어와 푸르른
그렇게,
영원히 살아 있음에
절박한 유언 비옷에 받아 적는다

냉이의 향기

단,
한 번도 욕심부린 적 없네
앉은자리 행복이라 여기며
밟혀도 그냥 씩 웃고 마네
할매 아지매 호미질에도
봄을 기다리는 꿈
나를 위해 너를 위해
그리고
우리를 위해
마지막 남은 향기 짙어가네

때늦은 반성문

겨울비에 밟힌 호밀밭이
울고 있다

울컥, 미안함 앞선 까닭은
수확량 줄어들면 어쩌나
욕심 가득한 마음으로
널 바라보았으니까

언 땅 뚫은 아픔
갈까마귀 떼 발톱의 난도질
들쥐의 이빨에 관통된 절망
비에 젖은 질식의 고통은 살피지 못하고
꽃에만 혹했던 부끄러움

나를 위해 죽을힘 다해 견디는
새싹을 쓰담하지 못했던 바보
틔우고 꽃 피움을 당연시한
겸손 잃은 농심 용서하지 말거라

철벅거리는 빗속에 삽질을 하며
무릎을 꿇는다

봄까치꽃의 고백

논두렁 잡고 빼꼼 내밀다
혹한 바람에 움츠려도
당신 향한 마음은
꽉 쥔 손가락 사이로 삐져나와
보랏빛 사랑으로 피었습니다

아름다운 마음

겨울에도 흙은 꿈틀거리며 쉬지 않는다
냉이를 보리를 마늘을 가슴에 품고 다독인다
죽어간 모든 것들을 흡수하며
단 한 번도 흙이지 않은 적이 없다
단 한 번도 생명을 거부하지도 않았다
단 한 번도 자신의 고집을 주장하지 않았다
언제나 그 자리
언제나 한결같은 마음으로
호미로 찍어도
삽으로 파내어도 죽지 않는 영원한
생명력 앞에 겸손해진다
흙에서 살다가
흙으로 가는 농부의 숙명
이 또한
얼마나 아름다운가
흙이 만들어낸
냉이 뿌리 속 숨은 향기에
자꾸만 웃음이 난다

비빔밥을 먹으며

둘레판 빈자리
부엌에서 뭘 하시는지
항상 늦게 자리에 앉으신다
아부지 상 보리밥 흰 점은
집안 권위를 상징하는 금지 구역,
둘레판 가운데 양푼 꽁보리밥이
보이지 않는 속도로 사라질 때쯤
나이 든 아이 순으로 숟가락을 놓는다
양푼 귀퉁이 붙은 밥에 남은 반찬 긁어
비벼 드시는 어무이,
아마도 자식의 사랑까지 썩어진
눈물겨운 비빔밥이라는 것을 이제야
깨달았으니…
찬바람 견딘 겨울초 양배추 달래
냉이 곰보배추 도려내어 쌀밥에
들기름 간장 고추장으로 비벼 먹으며
티비를 본다
피 터지게 싸우는 정치판
너 죽고 나 살자
나만 옳고 너는 틀리고
내가 하면 사랑 네가 하면 불륜

서로를 인정하지 않는 독선
상황에 따라 소신도 뒤집는 말들
나와 생각이 다르면 죽일 놈으로
몰아가는 위정자들의 뻔뻔스러움
국민학교 1학년 때 배운 바른생활이
짓밟히고 있다
티비를 끈다
추운 겨울,
가난한 이웃과 힘없는 백성이 웃을 수 있게
서로를 인정하고 조금씩 양보해 고소한
비빔밥 같은 세상이 무척이나 그리운 아침이다

된장醬찌개

여름날 꼬투리 속 비릿한 기억을 지우며
가을 햇살에 터질 듯 부푼 가슴으로
가마솥에 삶아져 제멋대로 모습으로
처마에 매달린다
자신의 모두를 버리기까지
어찌 갈등이 없었을까
어찌 아픔인들 없으랴
열병을 앓으며 아랫목에 눕는다
짓물러진 손과 발 그리고 얼굴
이불을 뒤집어쓰고
문드러지고 문드러진 후에야
푸른 핏줄로 피어난 꽃
캄캄한 독 속의 긴 면벽이 끝나면
뚝배기 속 화려한 부활
스스로를 버려 가장 높은 곳에 오른
콩콩콩 콩의 향기여!

제목 : 된장찌개
시낭송 : 박영애
스마트폰으로 QR 코드를 스캔하면
시낭송을 감상할 수 있습니다.

소는 눈으로 말한다

소 사료 주는 순간
석류만 한 눈을 굴리며
뭔가 말을 하는데 못 들었다
그러려니 하고 다시 사료를 주는데
긴 혀로 옷깃을 핥는다
이놈아, 뿌리치니
눈물이 뚜루룩 구른다
무엇이 저리도 절실할까?
칸막이 둘러보니 송아지 철골에
끼어 꼼작 못하고 있네
아!
얼마나 답답했을까
가슴에 안쓰러움 부풀고 부풀어도
탈출구 없는 쇠가죽 속에 갇혔으니
순둥아, 미안해 정말 미안해
얼마나 원망했을까
타는 속을 삼켜 꺼내 씹고 삼키고
다시 꺼내 씹고 또 삼켜 짓뭉갠 가슴
끔뻑거린 큰 눈에 걸린
내 새끼 죽는다는 불통의 언어

동안거冬安居

얼음을 투영한
버들치 꼬리 살랑
가재 더듬이 사부작
햇살도 궁금한지 어깨너머 까치발

꼴짝 개울은 숨을 죽이며
힘든 시간 견디는 물속 생명에게
가슴 내어 주니

개구리는 가부좌를
꺽지는 와불로
메기는 하품을 하며 반개한 눈으로
정진 속으로 빠지네

아직 남아있는 수련의 시간
마지막 고비를 온몸으로 견디며
저린 고통을 깨고 나면
퍼드득 봄이 오겠지

말은 꽃이다

자음 모음이 몸과 마음에서
찌지고 볶다가 이빨 사이로 튀어나온다
유리창을 깨고 탈출하는 죄수처럼

그냥, 확!
질러버리는 생각 없는 말들
귀가 아픈 만큼 쾌락을 느끼는
갑질 말들에 길들여진 가슴들

마음이 성글면 말도 거칠고
마음이 섬세하면 말도 부드럽나니
말과 글에서 나는 냄새와 향기가
그 사람의 품격品格

한마디 말이 꽃이 되고
한마디 말이 창이 되어
입에서 귀로 구르고 굴러
감동이 되기도 상처가 되기도 하니
겨울 뚫은 봄까치꽃에 코 디밀어 가슴을 부풀린다

아름다운 미소

밤낮의 바뀜도 멈춰버린 공간
먹고 싸는 것마저 선택할 수 없는 삶

누운 체
머리 감기고 몸을 닦이며
기저귀 옷 갈아입히고
마지막 얼굴을 닦아드리며
"어무이, 얼굴이 달덩이 같네"
"그렇나" 하시며 환하게 웃으시네

여자는,
언제나 꽃인가 보다
봄바람에 흔들리는 꽃잎 같은
물을 주지 않으면 시들어 버리는
100세가 되어도 "예쁘다" 소리
듣고 싶은
사랑을 먹고 사는 꽃

살아야 해

매화 가지 끝
피어난 물꽃

한 줌 바람에
툭

햇살에 관통된 영혼
승천한다

돌고 도는 삶
피고 지는 生

짓밟힌 사랑

어머니,
부르튼 손으로 곱게 말린
무청 시래기 한 줄

어른거리는 아들 얼굴
가슴에 그리며 사료 포대에
사붓이 넣고
또
넣고

만남의 아쉬움 뒤로한 채
눈물 훔치며 콩이며 팥이며
보따리에 싸고
또
싸고

며느리,
번거로운 시래기가 짜증 나
포대째 쓰레기통에 처박자
부스러진 아픔으로 쓰레기가 된다

마지막일지라도

산다는 것은
한 송이 꽃을 피우는 일

논두렁 쪼끄만 풀꽃도
담을 넘는 화려한 장미도
흔들리면서도 악착스레 피워낸다

어떤 꽃은 열매를 달고
어떤 꽃은 피다 시들면서
노래가 되고 시가 된다

봄 여름 가을이 무채색으로
흐릿해질 쯤 꽃대 서걱이며
나즈막이
산다는 것은 피고 지는 것이라고

세월은 흘러가는데

장하구나,
해가 어둠을 깨무는 순간의 힘

한 세상 살면서 왜 그리 싸우는가
양극화는 깊어져 서민 아픔 커가고
땅덩이는 남북으로 갈라 먹고
생각은 동서로 잘라먹고
퍼런 날을 세워 너 죽고 나 살자 하니
숨이 막힌다

우리,
싸우지 말자
조금씩 양보하고
서로를 인정하고 용서하며
그렇게 웃으며

솟아나는 해에게
젖은 가슴 걸어두고 뽀송뽀송
살았으면…

날벼락

양지쪽 개울 납작 바위 아래
버들치 가족 오글오글 겨울을
견디는데
아부지,
함머를 힘껏 내리친 찰나
허연 배를 뒤집고 튀어 오르니
아들은 손뼉을 친다

가장 아름다운 눈

쌀밥 향기가 얼마나 아름다운지
가난을 먹어본 사람은 안다

하얀 육신에
딸랑,
붙어있는 째그만 눈으로 세상을 본다

배고픈 사람을 위한 사랑으로
펄펄 끓는 무쇠솥에 몸을 던진다

비난의 본능에 젖은 농부

쓰러진 나락을 보며 태풍을 탓한다
잘못을 돌아보지 않고 깊숙한 곳에서
꿈틀거리는 탓함으로 비난을 합리화한다
땅이 빙긋이 웃으며
비료질 적당히 해야지 속으로 농부를 욕한다
어쩔 수 없었다고
자연재해라고 비난을 퍼붓는 농심아,
욕심을 버리고 더함도 모자람도 없이
벼를 사랑했더라면 얼마나 좋았겠니
농부는 탓함을 버리고 심장을 꺼내
이슬에 비빈다
쓰러진 나락은 영글지 못한 껍질을 안고
서럽게 땅을 치고
땅은 흐르는 눈물을 삼키고
농부는 하늘을 보며 시치미를 떼고 있다

공감

무 대가리를 잘랐다
너절한 시래기 몸을 말린다
겨울비 내리고
퍼덕이는 이파리의 싱그러움
마지막 한 줌의 힘으로 버팅기는
끈질긴 생명
그렇지, 삶은 그런 거지

버릴 수 없는 사랑

논바닥이 질척인다

콤바인 궤도에 짓이겨
머리만 내밀고 있는 벼 이삭

20여 미터 나오는 동안의 갈등
봄 여름날 쏟은 정 버릴까 말까

콤바인 멈추고 벼 이삭을 낫으로 자르는 순간
여름날 새벽의 만남들이 안개처럼 피어오르고

가을 하늘은 해맑게 웃는다

나락과 연연 댁 할매

태풍에 쓰러진 나락을 안고
연연 댁 할매 종일 씨름을 합니다

힘이 부친 할매는 진흙에 빠진 발을
빼지 못하고 넘어지자 나락을 잡고
일어납니다

할매는 나락을 잡고
나락은 할매를 잡고
할매는 세워진 나락을 보고 웃고
나락은 세워준 할매를 보고 웃고

할매 손길에 나락은 춤 추고
서로 기대어 살리고 살은 하루
농촌 들녘이 환합니다

제목 : 나락과 연연 댁 할매
시낭송 : 박태임
스마트폰으로 QR 코드를 스캔하면
시낭송을 감상할 수 있습니다.

그래도 꽃은 핀다

자드락비 벼 뒤통수를 후려치고 지붕을 밟으니
소들은 불안해하며 큰 눈을 껌뻑이는 밤

싹쓸바람 덩달아 나무를 뽑고
벼를 쓰러뜨리고 풀을 짓이기고
배추는 속을 채우려다 한 줌 바람에
뿌리째 뱅글거리다 툭 숨이 멎는다

자연의 분노를 벗어난 작은 풀꽃은
흙을 털어내며 희망의 노래로 꽃 피우니

한 해 농사 망쳐버린 가슴도
자연에 순응하는 미소를 그리고
태풍 미탁, 너쯤이야...
미움이 사랑 되어 강물처럼 흐른다

순간의 실수

누워만 계신 어무이,
팔다리가 굳어가니 휠체어로
동네 한 바퀴 돌면
우울한 기분도 가시고 입맛도 살아난다
평소 다니셨던 논밭을 돌며
기억을 떠올리게 이야기가 길다
오늘도 무밭이며 배추밭을 돌아
기분이 좋으신 어머니
침상으로 옮기다 신장으로 연결된
소변줄이 끊어진 순간
병원 파업이라는데 더구나 금요일
퇴근 시간 가까우니 머릿속이 하얗다
구급차로 응급실에 들어서니
다행히 오늘 중 시술이 가능하다니
얼마나 감사한지
찰나의 실수로 시간이며 돈이며
어무이 고생이며…
어이없는 결과에 허탈해하며
시술을 기다리는 순간 아프다고 소리치는 어무이
고함 소리 비수가 되어 가슴을 후벼 판다
어쩜
산다는 것은 각본 없는 드라마인지도
모를 일이다

태풍 타파가 남긴 흔적

벼들은 미친 비바람에
선택의 여지 없이 소용돌이에 휘말려
채 영글지 못한 몸을 흔들고

배추는 휘돌아 꺾인 잎을 뒤집어쓰고
눈길마저 외면한 아픔을 밀어내는데

배며 감이며 과일들은 목을 가누지 못하고
후드득 몸을 던진 못다 한
미련들이 너즐부러진다

바람은 미꾸라지 짝짓기하듯 미끄러져
농부의 가을을 후려치고는
흔적을 감춘 순간

한 포기 벼 한 포기 배추 무
한 알의 열매라도 잡으려 휘어진
허리를 펴지도 못하고 하늘을 흘겨보며

평생을 흙 속에 비벼진 삶
내년에는 내년에는 그렇게 속아온
날들의 희망을 반복한다

상사화(相思花)

삶이 왜 이리 엇갈린가요
모두가 그런 건지
그 흔한 웃음 한 번 그려 드리지
못한 체 살아야 하는 건가요

고운 손 바르르 떨며
잡으려다 여름 이슬로
놓쳐버린 아픔 어찌할까요

어쩌다 만날 수 없는 길 위에 서서
보고파도 볼 수 없는 시간 위에
그리워해야 하나요

가을과 함께 떠나야 하는데
잡아보지도 안아보지도 못하고
이렇게 보내야 하는 건가요

내 몸으로 피워낸 꽃
내 손으로 그려낸 이파리
볼 수도 만져볼 수도 없는 끈질긴
인연을 어찌할까요

의도적이든 음모이든
우연이 겹쳐지면 필연이 될까마는
한 뿌리를 두고 엇갈린 운명을
어찌하면 좋을까요

사랑은
규칙과 한계를 넘어선 가슴에 피는
꽃이거늘 망울진 아리함을 삼키니
기다림만 길어집니다

제목 : 상사화
시낭송 : 박영애
스마트폰으로 QR 코드를 스캔하면
시낭송을 감상할 수 있습니다.

삶은 꽃이다

추석 전야
모처럼 반찬들이 상위에 그득하다
나물이며 추어탕 납세미조림...
먹고사는 일이 이런 것인가 하는
순간 밥값은 했는지 가슴 한견이 내려앉는다
창밖으로 보이는 벼들도 빗발 속에
흔들리는 요람을 온 힘을 다해 버팅기며
생의 절정을 준비한다
삶은 몽땅 빼앗는 것이 아니라
삶은 몽땅 주는 것이니 몸부림일 수밖에
마당을 밟는 비의 발걸음도
햇살이 끓기 전에 강으로 바다로 향하겠지
모든 삶은 저마다 한 떨기 꽃이 되어 피우는 것이다
굴뚝 연기처럼 구불렁거리며
곡선을 그리는 삶이니 아름다울 수밖에!

모두가 소중한 가슴인데

시퍼런 낫으로 후려치니
발목을 댕강 잘린 풀이 푸른 피 흘리며 쓰러진다

네 피나 내 피나
장수의 피나 졸개의 피나
무엇이 다를까?

목적을 위해 쓰러진 모든 것들은
말이 없는데...

농부 낫이 미친 듯 춤을 춘다

삶은 그런 거

물의 파장으로 다슬기 혀를 감추고
또르륵 죽은 척

까칠한 뒤꿈치를 물어뜯는 피라미는
톡톡 화살처럼 날아들고

메기는 돌구멍에서
꺽지는 돌 그늘에서
북지는 반석 위에서
자는 척 때를 기다리네

물속 세상이나 땅 위 세상이나
그저 그렇게 나름 살아가는 것을
하루를 접고 툭 구부러져 잠든다

태풍

질 분비액처럼 끈적한 8월
잡초 뽑는 농부의 몸이 녹을 때쯤
꾹꾹 눌러 온 그리움이 원망으로
솟구쳐 세상을 뒤집는다

물의 힘을 감당하지 못한 둑은
흔적 없이 강이 되어 논밭을 집어삼키고

사람이야 죽든 말든
나무야 부러지든 말든
성깔을 있는 대로 쏟아 놓고도
분을 삭이지 못해 미친 듯 춤을 춘다

철부지 사랑아
그런다고 맘을 주겠니
그런다고 옷을 벗겠니
달콤한 속삭임을 왜 모르니

키다리 꽃의 속내

늘어지는 햇살을 잡고
노란 웃음을 흘리는 키다리
앞에 서면
당신의 가슴이 보입니다

아침 이슬에 몸을 휘청이며
스스로를 부드럽고 겸손하게 누르며
싸우지 않고도 이기는 지혜를 품고 있으니
당신을 닮았습니다

사랑은 확인하는 것이 아니고
확신하는 것이기에 기다림의 시간도
행복했으리니

언제나 그 자리에
언제나 한결같은 고운 모습으로
내 마음을 흔들고 있습니다

또 다른 나

눕는다
하루의 피곤함을 등에 깔고
앵앵
신경이 곤두선다
뒤척이다 잠 입구에서
손등을 찌른 따끔함으로 불거진 가려움이
미치도록 싫은 순간 욱 솟아오른다
소리를 좇아
어둠 속 손바닥은 짝 짝
가슴은 울대로 방할한다
끈적한 핏물이 터지는 순간의
고소한 전율
죽음의 희열에 잠을 청하는
참 희한한 이율배반으로 여름밤이 잠든다

감당할 무게만큼만

삶을 핑계로 참는다는 것
큰 착각일까

삶은 누구나 감당할 수 있을 만큼의
무게가 있기에

힘에 겨워 스스로 무너지는 순간은
아픔일 뿐

지키기 위해 참는다는 것은
어쩜 자기 합리화일지도

참는다고 가벼워질까
감당할 수 없다면 내려놓아야지

참는다고 물들어 가는 걸까
지키기 위해 참는 것도 즐거울 때나
가능한 것

함께한 시간의 미련 때문에
남은 시간을 잃어버릴 순 없잖아

어쩜
이별이 아름다운 이유인지도
닫힌 가슴에 다친 마음 피니까

내 가슴에 심은 행복

반가운 비가 살방거리니 물꼬 낮추고
벼들의 웃음에 가슴이 따스한 순간
산딸기 한 줌 따 목젖 축이니
허기진 배가 요동을 친다
사람마다 다르고 생각의 높이에 따라
흩어지는 영혼들의 춤사위
유월의 그늘에도 숨어 있고
찬밥 한 술에도 숨어있는 행복의 씨앗
가깝게 있음을 깨닫는 행복의 느낌이 열리면
갈증을 기워가는 논바닥의 빗방울도
저리 아름다운 것을
여름밤 멍석 위에 누워 포슬 한 감자 깨물며
별빛 벗 삼아 시를 읊조리다 잠이 든다

허탈함

유월의 햇살에 말라가는 논
밤새 물을 푸니 물끼를 넘는
찰랑거림의 맑은 영혼이 밤을 삼키고

새벽에 나가보니 논바닥이
허옇게 배를 드러내고 누워 있다

논두렁 뚫은 두더지 굴을 따라 흔적 없이 사라진 물

바보 같은 놈

자꾸만 웃음이 난다

모내기

짜질빡한 여백 위에 짜박짜박 앉은
꿈들이 하늘하늘 웃는다

쓰다가 지울 수 없는 생명의 詩

머리보다 가슴으로 영혼보다 몸으로
땀으로 얼룩을 훔치며 끝없는 행을 나열한다

어둠이 깔리고서야 마침표를 찍고
퇴고 없는 詩가 된다

농부의 손

흙에 비벼진 손바닥으로
외손주 얼굴을 만지려니 금이 갈까 두렵고

어무이 등을 쓰다듬으니 시원하다
좋아하시는데

인감증명서를 발급받기 위해
지문 인식기에 엄지를 얹으니 판독 불가

농부는 그렇게 산다

상처도 삶이거늘

막 피어나는 장미가
파랗게 달라붙은 진딧물에 진액을 빨리고
반쯤 피어난 꽃잎을 맛나게 갉아 먹으며
트림을 하는 벌레들
예쁘다는 통념의 질투인지 가시마저
어쩔 수 없는 상흔의 아픔
아름다움 속에는 야속하게도 아픔도
함께하거늘
상처 없는 고움만 바람 하니
아프고 슬퍼 꺼이꺼이 우는 거야
좀 아프면 어때서
상처 좀 있으면 어때서
그 또한 내 삶이거늘
멀리서 바라보는 장미처럼 시침 뚝
떼고 사는 거지

물과 흙의 순리

가뭄으로 물은 모자라고 모내기는 해야 하니
억지 써레질로 흙이 펴지지도 않고 뱅뱅 돌아도
트랙터 바퀴 자국으로 흙은 아프다 부풀어 올라
산이 되니 헛웃음만 나네

반복할수록 흙의 반항은 깊어지니
물과 흙의 조화를 알면서도 조금이라도
물을 붙잡아 보려는 농부의 고집 이 슬픈 순간

죽탕이 되어 버린 논바닥을 바라보며
순리를 거역한 결과를 인정하고 싶지 않아
죄 없는 하늘을 욕하고

말라버린 논바닥은 기다림의 진리도
모른다고 허연 배를 뒤집고 돌아눕고
스멀스멀 빠져버린 트랙터를 잡고
울고 싶지만 내 탓이니 울 수도 없네

바람결에 날아온 찔레꽃 향기가 아린
가슴을 덮고 있다

농부의 밤

눈썹달 산 위에 누워 졸고

못자리 물 대며 논둑에 앉아
어린 모들의 이야기 듣네

서로에게 기대어
속삭이는 꿈에 젖어 밤을 지새우고

고요를 깨는 터벅이는
농부의 장화발이 잠을 갉아먹으니

밤이 짧을 수밖에...

생명은 하늘의 뜻

눈알 튀어나올 듯 핏발이 서고
입으로 거품 내밀며 죽음을 향해 숨을 헐떡이는
임신 5개월 된 어미소

잠자다 섬찟한 육감에 소 막 들어선
새벽 2시
떨리는 손으로 고삐를 자르자 육중한 체구가 쓰러진다

죽을 듯이 숨을 몰아 쉬며 10 여분이 흐르고
머리 흔들며 일어서는 어미소
1분만 늦었어도…

기적의 호흡에 가슴을 쓸어내리고
지울 수 없는 한을 남길 뻔한 순간
생명은 우연에서 필연으로 이어지는
꽃핌인지도.

詩를 읽는 순간

심장에서 혈관을 지나 맥박이 뛰고
숨을 반복하며 온몸이 흔들린다

가장 쓸모없는 것들을
가장 쓸모 있는 것들로 변화시킨
시어들이 리듬을 타고 익숙함을 지나
낯설게 다가오면 시름은 망각 속으로
추억은 기억 속으로 갈무리된다

순간의 행복이 불행으로 이어지고
순간의 불행이 행복으로 이어짐은
가슴에 씨앗을 꽃 피우기 나름

내 가슴에 꽃이 피면 허공을 걸으며 미소를 흘리는
지상에 가장 아름다운 순수의 유희로 탈바꿈된다

라일락 흰 별 되어 쏟아지면

봄밤
가득 찬 달을 뚫고 소쩍새 슬피 운다
도랑 물소리 들으며 쪼그리고 앉아
상처 난 구멍을 씻어봐도 어디서부터
헹궈내야 할지 답답한 가슴은 소금을
뿌린 듯 따갑기만 하다
소중한 사랑이 조각난 체 파쇄기에
가루가 되어 날리니 진실은 무엇인가
불신에 치를 떨었던 순간들의 아픔이
빗물에 씻기어 간 줄 알았다
부끄러운 삶은 싫다
그래도 양심에 죄짓지는 않았는데
보이는 것만으로
씻을 수 없는 쓰레기 취급에 침묵해야지
사랑하나 온전하게 지켜주지 못할 바에
산다고 할 수 없으니까
산다는 게 참 무섭다
가슴을 열어 봄볕에 걸어 두고 종일
땅을 파도 젖어만 있으니
전부를 다 알고 있는데도 차마 아는 척할 수 없는
바람 앞에 라일락 송이 꺼이꺼이 울고 있다

사랑이라는 말

사랑은 마음의 흐름
억지로 되는 것이 아니야
욕심낸다고 소유할 수 없는 가슴
사랑은 서로의 가슴으로 흘러야 하고
보냄 또한 사랑인 까닭은
나로 인해 사랑이 불쌍해진다면
그건 사랑이 아니기 때문
가슴을 헤집어 햇볕에 말릴지라도
때론 보내야 하는 것이 사랑일 때가 있다
사랑의 가슴에 다른 색깔이 있다면
물들일 수 없기에
오해와 불신은 사랑을 갉아먹고
결국 행복을 죽게 한다
그리움 살라 먹고 아픔이 적어지면
사랑을 깨닫지만 너무 허송한 시간
뒤라 억울하지 않겠니
아니 그것도 사랑이니까
최종 확인은 이별 이별 이별

따스함

비가 내린다
택시를 타는 순간 "우산을 잊으셨나 봅니다"
"비 오는 줄 모르고 집을 나섰지요"
목적지에 도착
요금을 계산하며
"뒷좌석 위에 우산 가지고 가세요"
순간 가슴이 녹는다
"아저씨 감사합니다"
오늘은 좋은 하루의 시작이다

바람아 바람아

바람이 바람을 밀어
갓 피어난 수수꽃다리를 두들겨 팬다
봄이라서 꽃 피웠을 뿐인데
망울을 찢고 회생할 수 없는 아픔을 주는 걸까
진다는 말도 서러운데
심술로 피어보지도 못했으니
그리움 사랑이라는 핑계로 흔들기엔
너무 여리잖아
감당할 만큼 짭조름하고 담백한 맛이 있어야지
무작정 후려친다고 맘을 열겠니

제비 가족

제비가 찾아왔다
집을 몇 바퀴 돌며 인사를 건네고는
처마 안쪽에 앉아 생각에 잠긴다
헌 집을 보수할까
새집을 지을까
강남에서 먼 하늘길 날아
쉴 틈도 없이 보금자리를 튼다
머무를 수 있는 한정된 시간 속에
새끼를 키워 귀향해야지 맘도 바쁠 수밖에
천적도 범할 수 없는 참으로 오묘한
명당을 찾는 본능 좀 보게
식구가 늘어 기쁘고
여름까지는 행복한 노랫소리에 젖어 살겠네

소리 없이 흐르는 물처럼

밤새 내린 비로 산들이
파라디 파란 속살을 움찔움찔 밀어
올리는 싱그런 아침

땅속을 흐르는 물의 침묵
자신을 내세움 없이 땅 위 생명들을
춤추게 하네

무릇, 사랑도 삶도
옹이 진 상처를 보듬고 그리워하며
몸부림치는 일인지도

푸르고 화려한 지상의 모든 봄이
미친 듯 열정을 뿜어내는 힘은
발아래 보이지 않는 물의 사랑임을.

허망한 순간

두릅 따러 잡답 밭에 갔는데 헛웃음만 난다
사흘 전 먹기엔 어려서 그냥 두었는데 홀라당 도둑을 맞았으니
"두릅 먹고 싶다"는 어무이 목소리가
허공을 맴돌고
뭐라 말씀을 드릴까
참말로, 뭐 남아나는 게 없으니
농부의 가슴을 갉아 먹는 벌레를
어찌할까

4월의 여왕

보아줄 이 없는 깊은 산중
틈새 햇살에 웃고 있는 산철쭉
연분홍 속치마 삐져나오듯
사브랑 꽃잎이 펴지는 순간
뽀얗게 떨리는 속살을 훔쳐보다 들킨
남정네처럼 바람결에 흠칫 놀라 고개 떨군다
지상의 가장 고귀한 언어로도
네 모습 그리기 어려우니
시인이라 불림이 얼마나 부끄러운가
마음에 쏙 들도록 피어있게 할 수 없음은
네 속을 알 수 없기 때문이겠지
참으로 숨 막히게도 고운데.

벚꽃은 내리고

자연이 빚어낸 출렁이는 경이로움
팽창된 가슴은 꺼질 줄 모르고 정지된 체 찔끔
눈물이 삐져나오니 머릿속 언어들도 소용없네

몫을 다하고 홀가분하게 내려앉은
꽃잎을 한 줌 쥐어 허공으로 던지니
배신한 언어들이 흩어지고

떼로 사랑을 나눈 흔적들이
까맣게 까맣게 흔들린다

꽃을 삼킨 봄날에

천전 마을 안골에 봄이 꽉 차 넘쳐흐른다
논두렁 제비꽃 민들레 햇살에 졸고
끼를 풍기는 복사꽃 진달래 연초록과
몸을 섞어 미친 듯 사랑을 그리니
무너진 논둑을 쌓아 올리는 농부 삽자루 던지고
논둑에 누워 속절없이 이순을 넘겨버린 것 같아
시린 가슴 쥐고 개 목줄에 매인 뱅뱅 도는 삶의
반경에 터지는 헛웃음
어쩜
후회라는 것은 삶을 죽도록 사랑하지
못한 데서 오는지도 모르지
온갖 꽃들이 흐드러진 골짝에 봄을
꾸역꾸역 삼키는 순간 매몰차게
찔러 오는 의도되지 않는 아픔들
살다 보면 의지와 관계없이 흐르는
순간도 있으니 명치끝에 걸린 불신이
곪아 터지고 있다
삽자루를 쥔다
삶은 그런 거라고 아랫도리에 힘을 주어 삽날을
땅에다 박는다
등골을 간지럽히는 땀 내음에 머리가 찌릿하다
겨우 맘을 다잡는데
뱀딸기 꽃이 노란 웃음을 흘긴다

꽃은 피는데

봄!
땅이 웃는다
천지가 꽃으로 웃는데
긴 세월 천정만 바라보시는 가슴은
무슨 색일까요
오랜만의 외출입니다
휠체어를 밀며 당신께서 밟았던 길 따라 쑥 뜯고
달래 캐던 이야기가
촉촉이 젖어 있습니다
꽃은 피는데
온 산 연둣빛으로 물들어 가는데
당신의 가슴은 겨울입니다
가난했어도 찬물에 보리밥 말아
마늘종 고추장에 찍어 씹고는
마주 보며 웃던 순간이 그립습니다
어무이,
꽃이 핍니다
안골 논 뒷 구석에 하얀 찔레꽃 흐드러지면 어찌할까요
온 산 연분홍으로 물들어 가는데
당신의 가슴은 무채색입니다

도화살(桃花煞)

출구 없는 매력에 담을 넘은 바람아
풍류와 끌림으로 정신줄 놓은 순간들
자연스러운 친근함으로 거꾸로 꽂아도
향기 피어나는 강한 음기의 살煞
담장 안에도
담장 밖에도
산에도 들에도 쫙 깔렸다
가만히 있는데 뭇 벌레들은 도화를 쪼아대니
살煞일 수밖에
담을 넘은 바람의 마음 알 것도 같은데
꽃보다 향기이면 좋겠다! 도화야

연둣빛 사랑

방금 내민 이파리의
앙증맞은 옹알이

젖 내음 가시지 않는
배냇짓의 꼬물거리는 미소

하 깨끗한 숨결에
바람도 건드리지 못한 순수

세속에 물든 영혼마저 녹여버린 연록의 사랑아!

벚꽃의 황홀한 사랑

터진다
꽃봉오리가 터진다
바람이 불자 미친 듯 사랑을 한다
온몸으로 뿜어 내는 향기 속으로
허우적 몸을 던진다
우리 생에 단 한 번이라도
저렇게 황홀한 적 있었던가
저건 미친 것이다
미치지 않고서야 어찌 저런 사랑을
할 수 있을까

봄에 취한 가슴

안골 다랭이논 갈아엎으며 흥얼흥얼
노랫가락
천지가 봄이어라
나뭇가지 사이로 손짓하는 진달래가
사분사분 안겨 오니 어찌 이리
고우시노
발아래 낙엽 헤쳐 부지깽이나물
몇 줌 뜯어
끓는 물에 휘저어 파래진 봄 손바닥에 올려
밥 한 술 막장 얹어 씹으니 향기에 넋을 잃는다
땅 위에
가지 위에
내려앉은 봄의 향연
백지 위에 그려낸 詩를 써 무엇하리
온몸으로 스며든 봄의 기운에
무너져 버린 가슴인데

건강한 몸이 행복인 것을

깊게 잠을 못 잔 탓에 정신이
혼몽하고 리듬이 깨어진 순간
깊은 나락에 허우적거렸으니

평범한 삶에 밥 잘 먹고 똥 잘 싸고
길가에 핀 풀꽃들을 보며 웃을 수 있음이 얼마나
행복한 것인가를 생각한 시간

고통은 갈증을 채우지 못한 욕구에서
비롯되는 것
흙을 만지며 자연과 더불어
사지 멀쩡하게 땀 흘리는 소중함을
잠시 잊은 부끄러움

어차피 삶은 마음 먹은 대로 그린
백지가 아니더냐
한 톨 쌀을 만들어가는 동기와 과정에 고운 행복 깝북 들었으니
무엇을 더 바랄까

꽃은 사랑을 위하여

실 같은 줄기 위에 벌이 앉으니
무게에 겨워 휘청이는 봄까치꽃
미안함 담은 날갯짓으로 꽃가루를
굴리고 있네

아름다운 꽃들을 두고 쪼끄만 꽃에
얼마나 꿀이 있고 꽃가루가 있다고
악착스레 날아 앉아 비벼대는 속내를
어찌 알까마는

불두화 곱게 피어도 향기 없으니
벌 나비 돌아도 보지 않는 슬픈 순간
주고받는 인연의 끈이 없으니
벌 나비 탓할 일이런가

꽃이 벌 나비 유혹한다는 통념은
보이는 현상일 뿐
꿀과 가루를 모두 내어주고
사랑을 얻는 저 고운 앙큼한 몸짓에
홀라당 넋을 빼앗겼으니

소중한 삶의 향기

시멘트 바닥 틈새 뚫고 피어난
제비꽃
바람 따라 빗물 따라
먼지 속에 싹 틔운 여린 생명
희미한 빛을 더듬어 바늘구멍으로
밀어 올린 눈물겨운 몸부림
불현듯
왜 이렇게까지 살아야지
스스로를 자책하다가도
나만의 삶이 아닌
가슴에 품은 소중함 있었으니
그것만으로도 충분히 가치 있는
사랑이기에
요렇게 쪼그리고 앉아야만 볼 수 있구나

감정에 솔직한 사랑

비 온다는 일기 예보에
마늘밭 거름 깔고 잡초 뽑아도 걱정
지난가을 늦게 심은 데다 가뭄까지 겹쳐
마늘이 튼실하지 못하니

식물은 언제나 감정을 정직하게 표현하고
농부는 표정을 읽으며
모자람을 채워주고
쏟은 만큼 되돌아오는 변하지 않는
애틋한 가슴이 얼마나 고운지

관계를 계산대 위에 올려놓고
복잡한 셈법에 머리를 쥐어짜는
세속의 밀당이 얼마나 어리석은지

사랑이 솟아 나는 봄
투정하며 칭얼거리면 따지지 말고
받아주자 어쩜 쪼잔한 게 예쁜 사랑인지도 모르니까

잃어버린 시간

묵혀둔 논에 부들과 버드나무 자리 잡으니
제 몫을 다하지 못한 땅의 설움이
버림받은 상처로 남아

트랙터로 뒤집는 순간 속살 찌른
뿌리들이 침을 드러내며 악을 쓰니
흙의 가슴인들 아프지 않으리

그렇게 쓰고 싶은 시를 절필하고도
탓하거나 원망도 않고
아프면 아픈 대로 가슴에 품어낸 생명들

아직 너보다 고운 시를 쓰지 못했으니
깨끗한 여백 위에 땀으로 얼룩진 詩로
네 가슴을 웃게 할 순간 기다려 줄 수는 없겠니

곱게 물들었으면

정상화 제5시집

2020년 8월 18일 초판 1쇄
2020년 8월 20일 발행
지 은 이 : 정상화
펴 낸 이 : 김락호
디자인 편집 : 이은희
기 획 : 시사랑음악사랑
연 락 처 : 1899-1341
홈페이지 주소 : www.poemmusic.net
E-Mail : poemarts@hanmail.net

정가 : 10,000원
ISBN : 979-11-6284-224-9